3-4 años

Disney PRINCESAS

Cuaderno de VACACIONES

Observación

Grafismo

Motricidad

Lógica

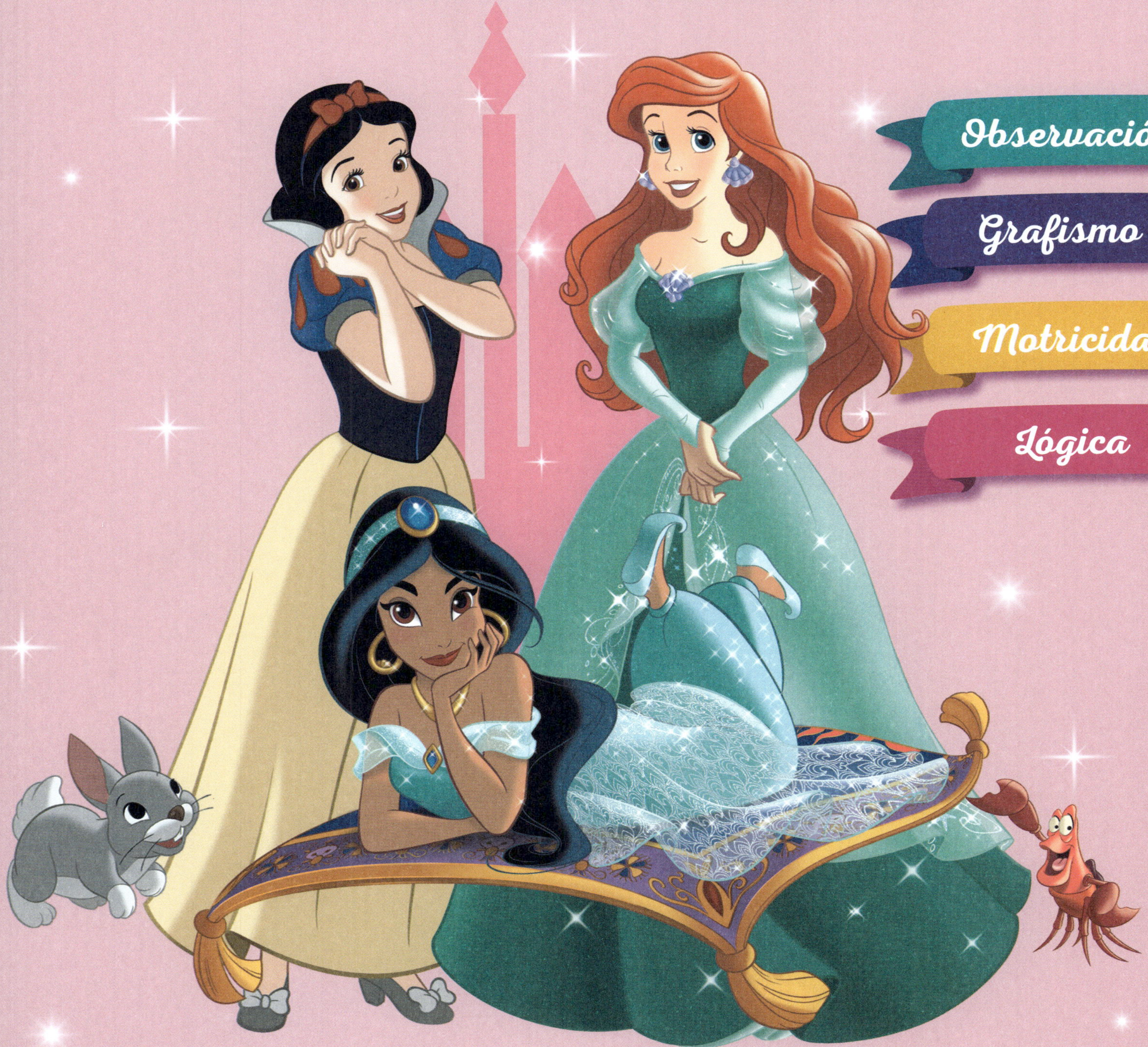

Papel certificado por el Forest Stewardship Council®

MIXTO
Papel
FSC® C117695

Penguin Random House Grupo Editorial

Primera edición: mayo de 2024
Primera reimpresión: abril de 2026

Printed in Spain – Impreso en España

ISBN: 978-84-19487-15-5
Depósito legal: B-4486-2024

Diseño y maquetación: MYR Servicios Editoriales, S.L.

Impreso en Índice, S.L.
(Barcelona)

DS 8 7 1 5 A

Información para familias y educadores

Vacaciones con Princesas Disney es un cuaderno con material práctico y divertido. Las 101 actividades propuestas favorecen el desarrollo de las competencias básicas del currículo escolar. Todos los contenidos se tratan desde una perspectiva transversal. Es decir, cada actividad combina conocimientos de diversas áreas, valores, procedimientos y actitudes aspirando a una «educación para la vida».

Materiales: lápices de colores, lápices, pintura (opcional), ceras de colores. El empleo de los materiales debe estar supervisado siempre por un adulto a fin de evitar un uso inadecuado y/o accidentes.

A los cuatro años, vuestro hijo se encuentra cada vez más seguro a nivel motriz y ha desarrollado sus habilidades lingüísticas, cognitivas y sociales. Le encanta aprender por sí mismo y es mucho más independiente. Siente la necesidad de descubrir, entender y dominar el mundo que le rodea. Su aprendizaje lógico matemático comienza a consolidarse (reproduce figuras geométricas, clasifica objetos, y puede contar hasta 6). Por ello, las actividades que se proponen en este cuaderno están clasificadas en cinco categorías:

Escritura Reconocer y trazar letras y palabras.

Juegos Buscar e identificar diferencias y semejanzas.

Matemáticas Reconocer y trazar los números y las formas. Contar.

Observación Establecer secuencias y series. Identificar conceptos relacionados con el tiempo y el espacio.

Plástica Reconocer y pintar colores. Dibujar a partir de formas geométricas.

La letra A

1. Traza la letra **A** que falta en las siguientes palabras.

ARIEL AGUA AMIGO

2. Traza la letra **A** y completa la línea.

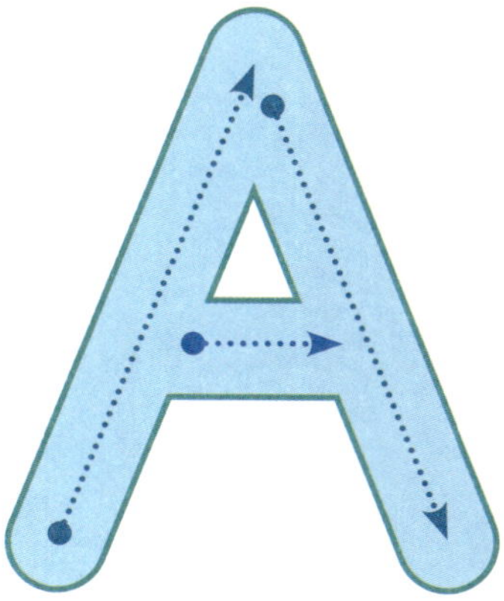

Compara

3. Entre estas dos escenas hay cinco diferencias. ¿Sabes cuáles?

4. Colorea una corona por cada diferencia.

El número 1

5. Fíjate en estos grupos. Pinta el círculo del que tiene 1 pajarito.

6. Traza el número **1** y fíjate cómo se escribe.

El pozo del castillo

7. Blancanieves tiene un carácter alegre y bondadoso. Observa la escena y contesta las preguntas.

¿Hay algún animal en la escena?

¿Es de día o de noche?

¿Qué está haciendo Blancanieves?

8. Señala en la imagen las siguientes palabras:

- [ ] CUBO
- [ ] PALOMA
- [ ] CUERDA

La letra E

9. Traza la letra **E** que falta en las siguientes palabras.

ESMERALDA VESTIDO

PRINCESA

10. Traza la letra **E** y completa la línea.

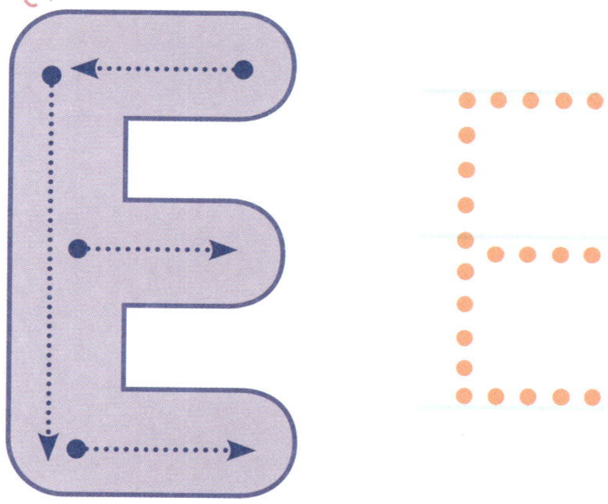

11. Ordena estas alfombras voladoras de mayor a menor, uniéndolas con una sola línea.

El círculo

12. Traza una línea azul alrededor del círculo más grande y una roja alrededor del círculo más pequeño.

13. Mira a tu alrededor y dibuja una cosa que tenga forma de círculo.

La ciudad

14. Bella está muy concentrada leyendo mientras camina por la calle. Observa la escena y contesta las preguntas.

Describe el edificio que hay en la imagen.

¿Qué tiene en las manos Bella?

¿Qué está haciendo Gastón?

15. Señala en la imagen las siguientes palabras:

☐ CASA

☐ TEJADO

☐ VENTANA

La letra I

16. Traza la letra **I** que falta en las siguientes palabras.

PRIMAVERA

ARDILLA

HIERBA

17. Traza la letra **I** y completa la línea.

18. Pinta de azul el vestido de Aurora.

19. Traza la palabra.

MAGIA

El número 2

20. Agrupa estas caracolas de dos en dos según su forma. ¿Cuántos grupos has formado? ¿Sobra alguna?

21. Traza el número **2** y fíjate cómo se escribe.

22. Desde niña, Moana disfruta de la naturaleza, el mar, la arena… Observa la escena y contesta las preguntas.

¿Qué hay debajo de la hoja de palmera?

¿Qué hace Moana?

¿Cuántos pájaros hay?

23. Señala en la imagen las siguientes palabras:

☐ HOJA

☐ OLA

☐ TORTUGA

La letra O

24. Traza la letra **O** que falta en las siguientes palabras.

ORO

GENIO

PELO

25. Traza la letra **O** y completa la línea.

Laberinto

26. Ayuda a Jasmine a llegar hasta Rajah a través de este laberinto.

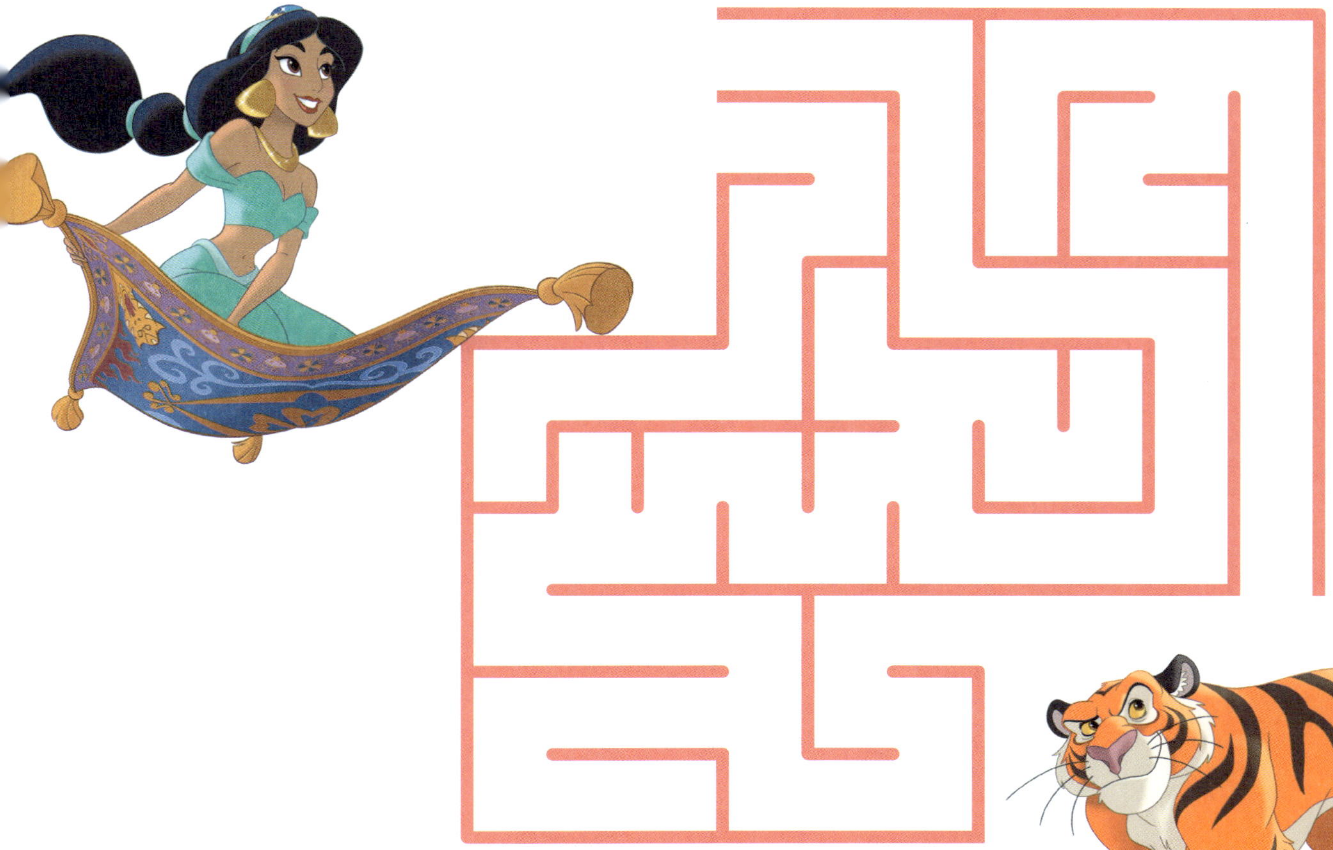

27. Pinta la lámpara mágica.

28. Pinta el dibujo de Mulan siguiendo el modelo.

¿Qué lleva Mulan en la oreja? ¿Para qué sirve?

29. Pinta el dibujo de las ratoncitas siguiendo el modelo.

¿De qué color es el hilo de coser?

La letra U

30. Traza la letra **U** en las siguientes palabras.

PINTURA

AZUL

IGUANA

31. Traza la letra **U** y completa la línea.

U U

32. Di en voz alta el nombre de estos dibujos.
¿Todos tienen el sonido «U»?

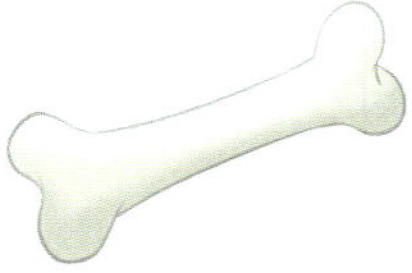

☐ HUESO

☐ JAULA

☐ PIÑA

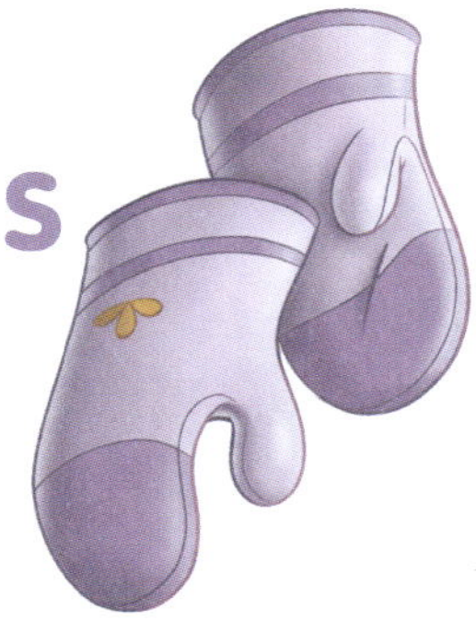

☐ GUANTES

☐ UVA

33. ¿Cuál es tu fruta favorita? Dibújala aquí.

El cuadrado

34. Traza los cuadrados y píntalos como más te guste.

CUADRADO

35. Dibuja una casa y coloréala.
¿Has dibujado algún cuadrado?

Bajo del mar

36. Ariel es una experta en buscar tesoros marinos. ¡Mira lo que ha encontrado! Observa la escena y contesta las preguntas.

¿Qué tiene en la mano Ariel?

¿De qué color tiene el pelo Ariel?

¿Cuántos peces hay?

37. Señala en la imagen las siguientes palabras:

☐ COLA DE SIRENA

☐ BOLSO

☐ TENEDOR

Las vocales

38. Fíjate cómo se escribe el nombre de esta princesa tan valiente.

MÉRIDA

39. Traza todas las vocales.

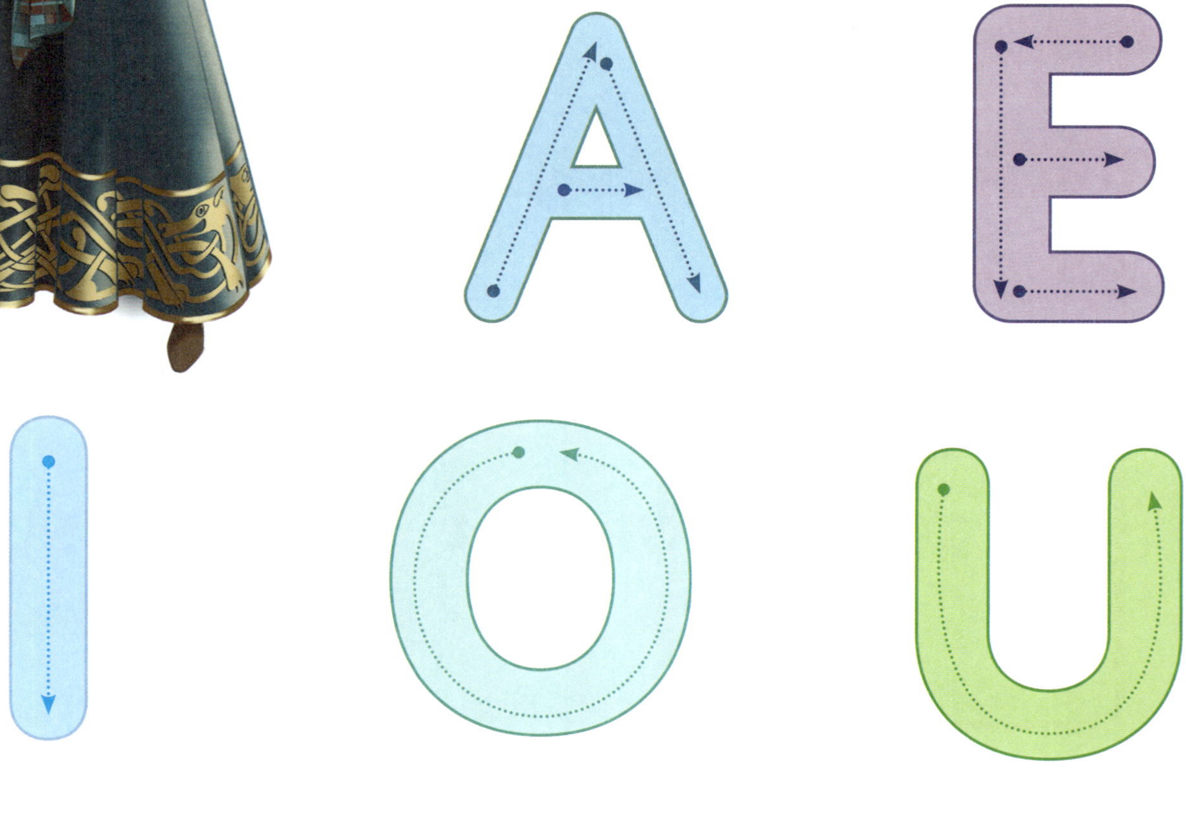

Compara

40. Señala en cada caso el dibujo más grande y el más pequeño.

PEQUEÑO

GRANDE

El número 3

41. Fíjate en estas calabazas y señala las 3 que son del mismo color.

42. Traza el número **3** y fíjate cómo se escribe.

43. A Cenicienta le encanta el vestido que sus amigos le han ayudado a coser. Observa la escena y contesta las preguntas.

¿Tiene algún lazo el vestido de Cenicienta?

¿Qué están mirando los ratoncitos?

¿Dónde está el ovillo de lana de color azul?

44. Señala en la imagen las siguientes palabras:

☐ **BAÚL**

☐ **LIBRETA**

☐ **TELA AZUL**

La letra M

45. Blancanieves está preparando una deliciosa tarta de manzana. ¿Hay alguna manzana en la imagen? Traza la letra **M**.

MANZANA

46. Traza la letra **M** y completa la línea.

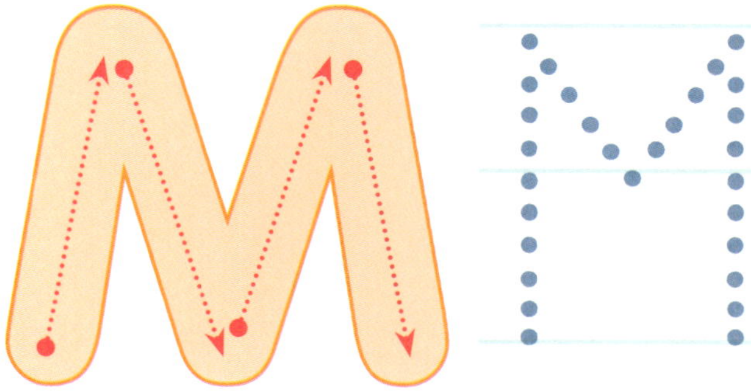

47. Indica dónde va cada pieza y completa la imagen.

A

B

C

El triángulo

48. Traza los triángulos y pinta el más pequeño.

49. Colorea estas formas del color indicado.

50. El mapache Miko y el colibrí Flit acompañan a Pocahontas mientras navega por el río. Contesta las preguntas.

¿Sabes cómo se llama la embarcación en la que va Pocahontas?

¿Cuál de los tres animales que hay en la imagen vive en el agua?

¿Te parece que Pocahontas está contenta?

51. Señala en la imagen las siguientes palabras:

- ☐ CANOA
- ☐ REMO
- ☐ PEZ

La letra P

52. Traza la letra **P** que falta en las siguientes palabras.

PELO

PEINE

ESPEJO

53. Traza la letra **P** y completa la línea.

P P

Palabra secreta

54. ¿Qué utiliza Rapunzel para observar las estrellas? Averígualo sustituyendo los dibujos por las letras para completar la palabra.

T .... L .... S C .... I ....

55. Pinta el dibujo de Aurora. Puedes seguir el modelo o utilizar otros colores.

¿Qué lleva en la mano Aurora?

56. Pinta el dibujo de la señora Potts siguiendo el modelo.

¿Para qué sirve una tetera?

La letra T

57. **57.** El caimán Louis es un gran trompetista. Traza la letra **T** en las siguientes palabras.

TROMPETA

GUITARRA

FLAUTA

58. Traza la letra **T** y completa la línea.

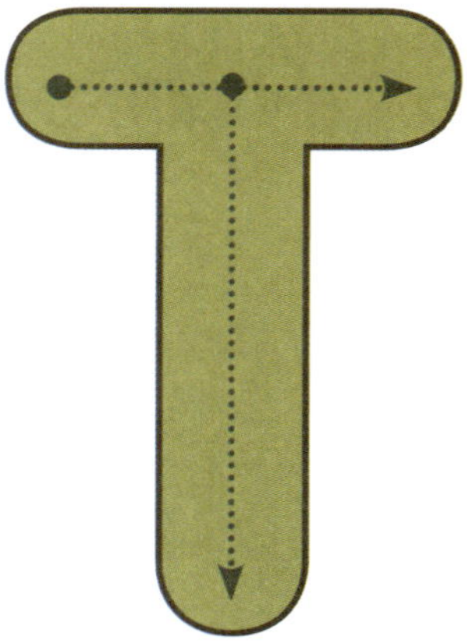

Sudoku

59. Completa este sudoku con las formas que faltan sin que se repitan en ninguna fila ni columna.

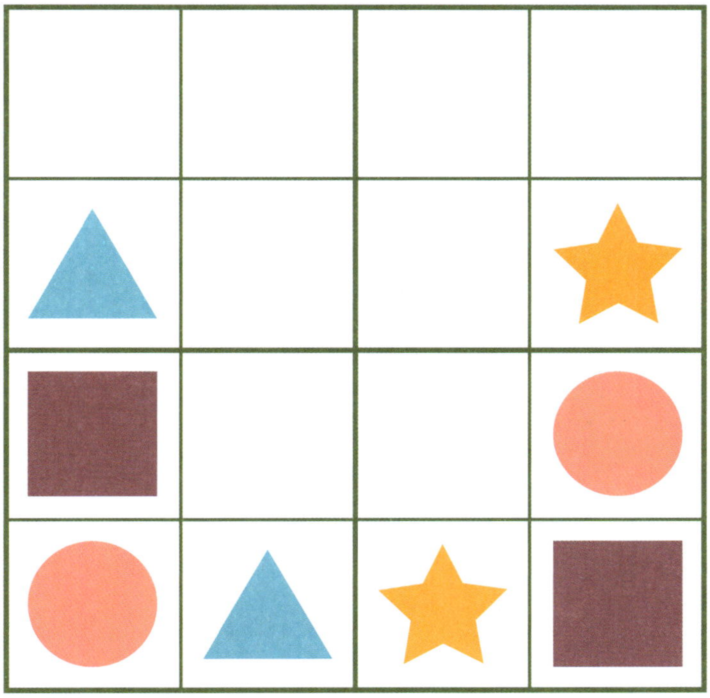

¿Cuántos círculos hay en el sudoku? Cuéntalos y señala el número correcto.

3 4 5

El número 4

60. ¡A volar! Cuenta los pájaros que acompañan a Jasmine y pinta el número correcto.

61. Traza el número **4** y fíjate cómo se escribe.

El jardín

62. Jasmine vive en el palacio de la ciudad de Agrabah junto a su padre el sultán y el tigre Rajah.

¿Dónde está sentada Jasmine?

¿Hay árboles en el jardín?

¿Qué está haciendo Jasmine?

63. Señala en la imagen las siguientes palabras:

☐ FUENTE

☐ TIGRE

☐ AGUA

¿Cómo suena?

64. Di el nombre de estos animales y traza un círculo alrededor del que tenga el sonido **«M»**.

65. Dibuja tu animal favorito.

66. Es la hora del baño para Gruñón. Señala las cinco diferencias que hay entre las dos imágenes.

67. Pinta una manzana por cada diferencia.

El rectángulo

68. Traza los rectángulos y píntalos como más te guste.

RECTÁNGULO

69. Fíjate en la barca de Moana. ¿Qué forma tiene la vela?

La familia

70. Moana conoce la historia de sus antepasados y aprende lo importante que es la familia. Contesta las preguntas.

¿Cómo se llaman tus padres?

¿Cómo se llaman tus abuelos?

¿A qué juegas con tus hermanos o tus primos?

71. Señala en la imagen las siguientes palabras:

☐ PIEDRA ☐ ANTORCHA

☐ ÁRBOL

¿Cómo suena?

72. Tiana adora la música y toca el piano de maravilla. Traza la palabra.

PIANO

73. Di el nombre de estos instrumentos musicales y señala el que tiene el sonido **«R»**.

GUITARRA

VIOLÍN

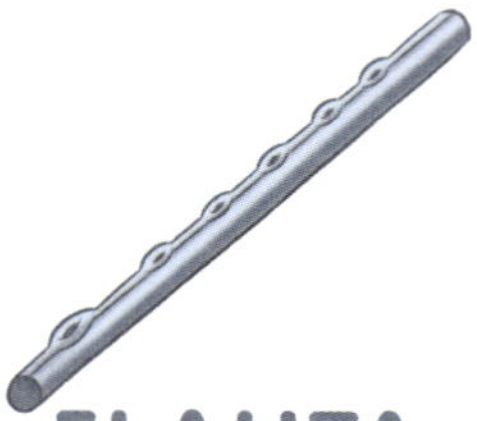

FLAUTA

74. ¿Cuál de estos dos círculos encaja en la imagen?

A

B

75. Bella y Bestia se han abrigado bien. ¿Qué estación del año crees que es?

- ☐ PRIMAVERA
- ☐ VERANO
- ☐ INVIERNO

El número 5

76. Dibuja tu mano o tu pie y escribe un número en cada dedo.
¿Hasta qué número has contado?

77. Traza el número **5** y fíjate cómo se escribe.

5
CINCO

En la mesa

78. Ariel ha cumplido su sueño de ser humana, pero no sabe muy bien cómo comportarse en la mesa. Contesta las preguntas.

¿Con qué cortamos la carne?

¿Con qué comemos la sopa?

¿Para qué utilizamos el tenedor?

79. Señala en la imagen las siguientes palabras:

- [ ] VELA
- [ ] FRUTA
- [ ] CANDELABRO

¿Cuántas hay?

80. Aurora recoge fresas del huerto. ¡Son deliciosas! Marca la casilla de la frase correcta.

- [ ] HAY UNA FRESA.
- [ ] HAY MUCHAS FRESAS.

81. Adivina, adivinanza...

Oro parece, plata no es, entonces, dime ¿qué fruta es? Dibuja la respuesta.

82. Las hadas ayudan a la princesa Aurora. ¿De qué color son sus vestidos? Pinta los círculos del color indicado.

AZUL

VERDE

ROJO

83. Traza la palabra.

HADA

84. Pinta el dibujo de Abú siguiendo el modelo.

¿ ? ?

¿Sabes qué animal produce la miel?

85. Pinta el dibujo de Flounder siguiendo el modelo o de los colores que prefieras.

? ? ?

Di al menos el nombre de dos animales marinos.

Busco letras

86. Mérida es una princesa valiente y decidida, pero ahora necesita tu ayuda para encontrar entre todas estas letras las vocales indicadas en el recuadro.

A E O

A	A	E	I	U
O	I	I	A	E
I	U	U	O	A
E	O	U	A	I

¿Qué tiene Mérida en cada mano?

87. ¿Qué están haciendo los hermanos de Mérida? Pinta los círculos del color correcto.

LEVANTA LAS MANOS

SE RÍE CON LA BOCA ABIERTA

SACA LA LENGUA

88. Traza la palabra.

TRES

La estrella

89. Rapunzel contempla embelesada el precioso cielo estrellado. Traza las estrellas y píntalas como más te guste.

90. Pinta las letras **E**.

ESTRELLA

Me gusta...

91. Rapunzel se entretiene dibujando y pintando. Contesta las preguntas.

¿Te gusta dibujar?

¿Cuál es tu afición preferida?

¿Te gusta leer o que te lean cuentos?

92. Pinta la casilla de las palabras que aparecen en la imagen y, luego, colorea el dibujo.

- [ ] PINTURA
- [ ] PINCEL
- [ ] PALETA

Escribe y tacha

93. Fíjate cómo se escriben los nombres de los enanitos. Traza las letras indicadas.

GRUÑÓN SABIO MUDITO

94. Los enanitos respetan a los animales del bosque. Tacha el nombre del animal que no aparece en la imagen.

CIERVO PÁJARO

ARDILLA PEZ

Sopa de letras

95. Completa esta sopa de letras con las palabras indicadas y, luego, búscalas en la imagen.

I	C	D	P
M	E	S	A
U	N	L	N
M	A	N	O

- MANO
- PAN
- MESA
- CENA

¿Qué hacen los enanitos antes de cenar?

Sumas

96. Cuenta los dibujos y completa las sumas con el número correcto.

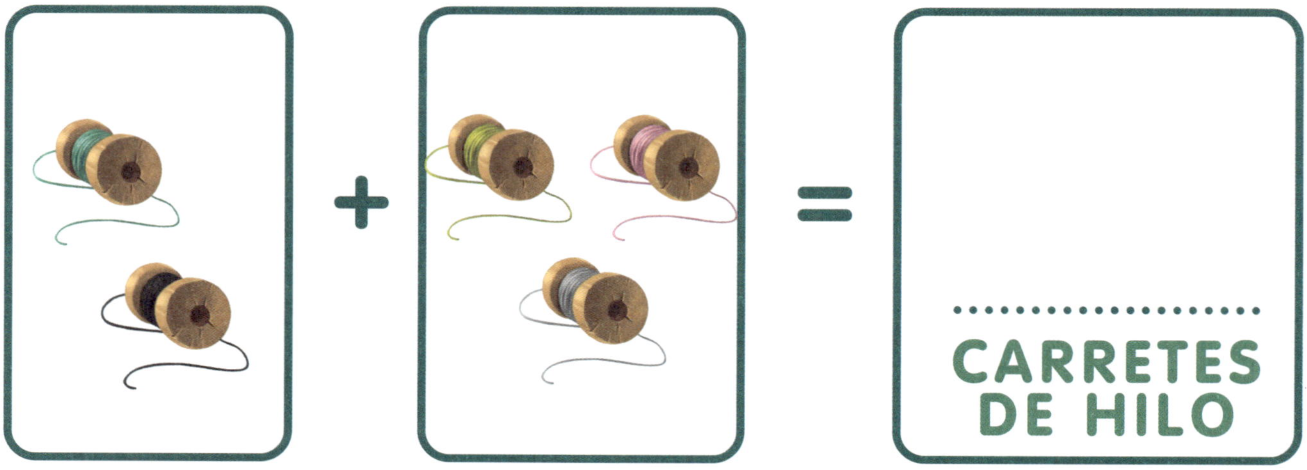

Vehículos

97. Con su magia, el hada madrina convierte una calabaza en una carroza. Observa la imagen y contesta las preguntas.

¿Sabes el nombre de algún vehículo con ruedas?

¿Qué tiene el hada madrina en la mano?

¿Para qué sirve una carroza?

98. Señala en la imagen las siguientes palabras:

☐ LAZO

☐ VARITA MÁGICA

☐ ZAPATOS

Mayúsculas y minúsculas

99. Relaciona las mayúsculas y las minúsculas que pertenecen a la misma letra. Guíate por el modelo.

A E I O U

i o a e u

A	E	I	O	U
a	e	i	o	u

100. Relaciona las palabras con su imagen.

- ALAS
- HILO

Mulan hace volar una cometa.

Día y noche

101. Explica qué ocurre en cada escena. Pinta la concha de mar de color **amarillo** si es de **día** y de color **azul** si es de **noche**.

Abecedario

Aa

ARIEL

Bb

BLANCANIEVES

Cc

CENICIENTA

Dd

DORMILÓN

Ee

ESTRELLA DE MAR

Ff

FAROL

Gg

GLOBO

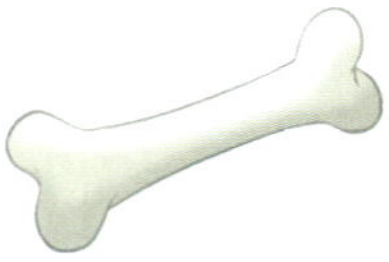

Hh

HUESO

Ii

INSECTO

Jj

JASMINE

Kk

KOALA

Ll

LÁPIZ

Mm

MÉRIDA

Nn

NIEVE

Ññ

PIÑA

Oo

ORO

Pp

POCAHONTAS

Qq

QUESO

Rr

RAPUNZEL

Ss

SERVILLETA

Tt

TIANA

Uu

UVA

Vv

VIOLÍN

Ww

SÁNDWICH

Xx

XILÓFONO

Yy

YELMO

Zz

ZANAHORIA

De todas estas letras, ¿cuáles aparecen en tu nombre? Escríbelas.

....

Trazos

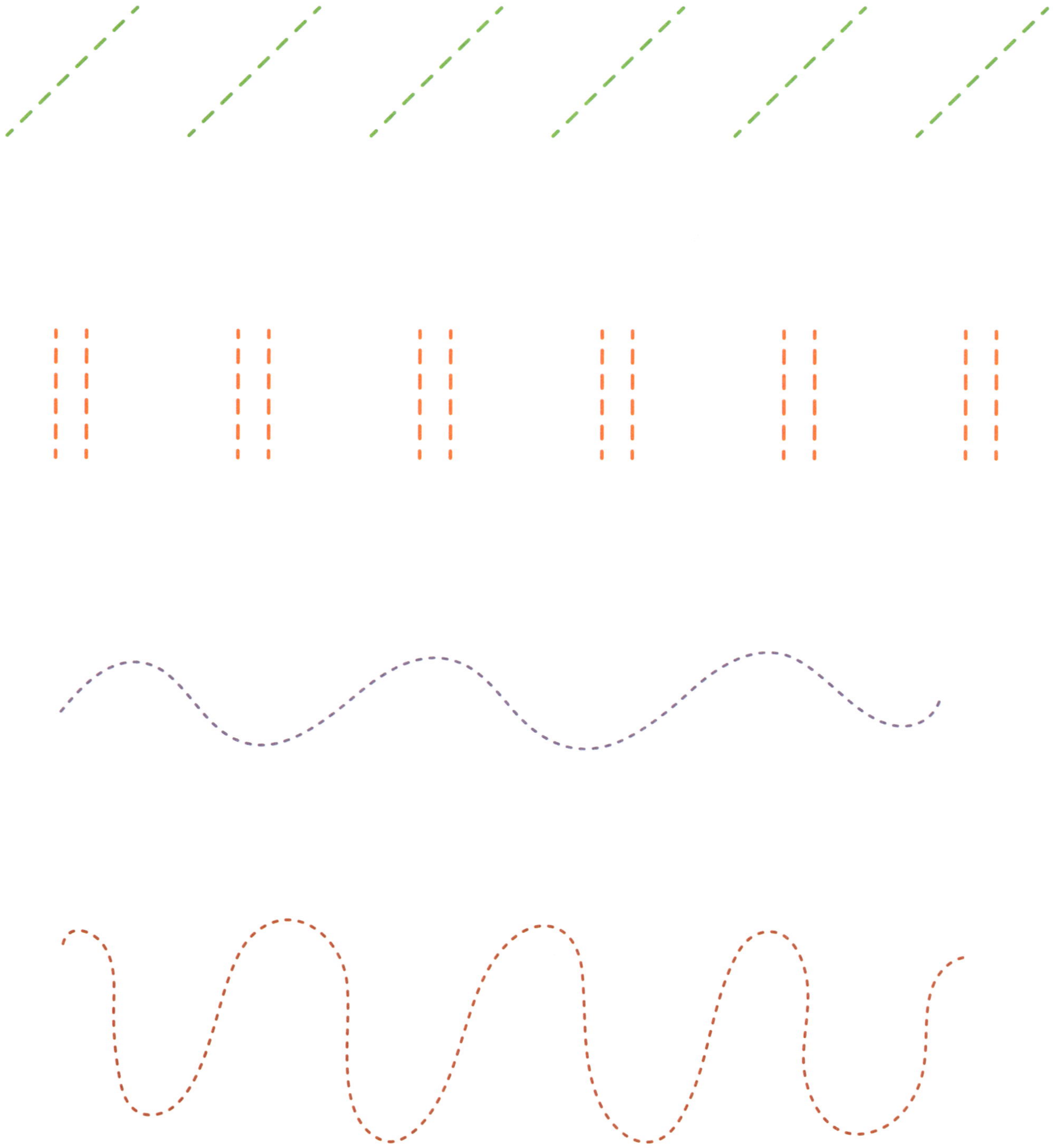

Trazos

Soluciones

Página 7:
3.

Página 8:
5.

Página 9:
7. Es de día / Hay palomas / Blancanieves está sacando agua del pozo.

Página 11:
11.

Página 12:
12.

Página 13:
14. Bella tiene un libro en las manos / Gastón está presumiendo de su fuerza.

Página 16:
20.
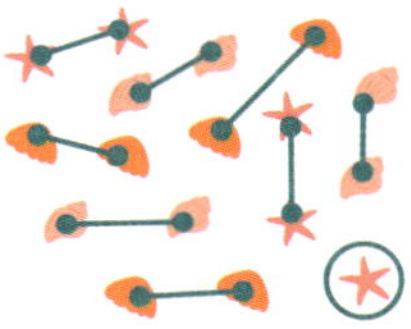

Sobra una estrella de mar.

Página 17:
22. Moana sujeta una hoja de palmera / Una tortuga / Hay cuatro pájaros.

Página 19:
26.

Página 20:
28. Mulán tiene un pincel en la oreja / El pincel sirve para pintar.

Página 21:
29. El hilo de coser es de color rosa.

Página 23:
32. PIÑA no tiene el sonido «U».

Página 25:
36. Ariel tiene el pelo de color rojo / Ariel tiene un tenedor en la mano / Hay dos peces.

Página 27:
40.
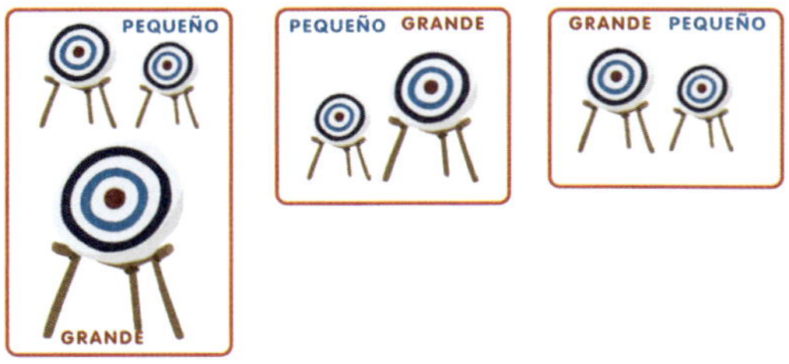

Página 28:
41.

Página 29:
43. Los ratoncitos están mirando el vestido de Cenicienta / El vestido tiene un lazo / El ovillo de lana azul está en el suelo.

Página 31:
47.

Página 32:
48.

Página 33:
50. Pocahontas va en una canoa / El pez vive en el agua / Pocahontas está contenta.

Página 35:
54. TELESCOPIO.

Página 36:
55. Aurora lleva un cesto en la mano.

Página 37:
56. Una tetera se usa para servir el té.

Página 39:
59.

Hay 4 círculos.

Página 40:
60. 4

Página 41:
62. Jasmine está sentada junto a la fuente / Sí, hay árboles / Jasmine está acariciando al tigre Rajah.

Página 42:
64. OSO, KOALA, MARIPOSA, RATÓN.

Página 43:
66.

Página 44:
69. La vela tiene forma de triángulo.

Página 46:
73. GUITA**RR**A tiene el sonido «R».

Página 47:
74. El círculo A.

Página 49:
78. Comemos la sopa con cuchara / Cortamos la carne con cuchillo y tenedor / Utilizamos el tenedor para coger la comid.

Página 50:
80. Hay muchas fresas.

81. Plátano.

Página 51:
82.

Página 52:
84. Las abejas producen la miel.

Página 54:
86.

A	A	E	I	U
O	I	I	A	E
I	U	U	O	A
E	O	U	A	I

A E O

Mérida tiene un papel y una pluma.

Página 55:
87.

Página 58:
94. PEZ no aparece en la imagen.

Página 59:
95.

I	C	D	P
M	E	S	A
U	N	L	N
M	A	N	O

Los enanitos se lavan las manos antes de cenar.

Página 60:
96.

Página 61:
97. Una carroza sirve para transportar gente de un sitio a otro / El hada madrina tiene una varita mágica en la mano.

Página 62:
100.

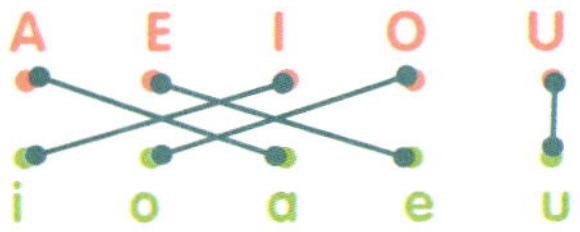

Página 63:
101.

Otros títulos de la colección

¡Aprender nunca ha sido tan divertido!